COLLECTION

DE FEU

M. Émile GAVET

EXEMPLAIRE DE H. STETTINER

CATALOGUE

DES

Tableaux Anciens

ET QUELQUES MODERNES

Par :

F. BOL, JÉROME BOSCH, VAN CEULEN, PHILIPPE DE CHAMPAIGNE, COELLO, DE TROY,
HONTHORST, KAGER, LE CHEVALIER LELY,
CARLE VAN LOO, QUENTIN METSYS, PALAMÈDES, PANINI, PANTOJA DE LA CRUZ,
RAOUX, TOURNIÈRES, S. DE VLIEGER, ETC., ETC.

PORTRAITS des XVIe, XVIIe et XVIIIe SIÈCLES

Provenant de la Collection de feu M. Émile GAVET

ET DONT LA VENTE AURA LIEU, A PARIS

HOTEL DROUOT, SALLES N°s 5 & 6

Le Mardi 8 Mai 1906

à deux heures

COMMISSAIRE-PRISEUR

Me PAUL CHEVALLIER

10, rue Grange-Batelière

EXPERT

M. JULES FÉRAL

7, rue Saint-Georges

EXPOSITION PUBLIQUE

Le Lundi 7 Mai 1906, de 1 heure 1/2 à 5 heures 1/2

CONDITIONS DE LA VENTE

Elle sera faite au comptant.

Les adjudicataires paieront *dix pour cent* en sus des enchères.

Paris. — Imprimerie de l'Art, E. Moreau et Cie, 41, rue de la Victoire.

Désignation

TABLEAUX ANCIENS

ET QUELQUES MODERNES

BOL

(FERDINAND)

1 — *Portrait d'une Dame de qualité.*

Assise dans un fauteuil, le bras droit accoudé sur une console, les cheveux bruns ornés d'une coiffe à ruban brodé d'or, elle est vêtue d'une robe verdâtre, parée de riches bijoux, et tient de la main droite une chaîne d'orfèvrerie pendant sur la poitrine.

Toile. Haut., 1 m. 03 cent.; larg. 84 cent.

BOSCH
(JÉRÔME)

2 — *Diableries.*

Scènes familières à l'artiste, comprenant une multitude de figures.
Triptyque cintré dans la partie supérieure.
Signé sur le panneau central.
Au dos des volets, on remarque des vestiges de peintures en grisaille.

Bois. Haut., 90 cent.; larg., 1 m. 28 cent.

BOUCHER
(D'après FRANÇOIS)

3 — *Portrait de Madame de Pompadour.*

Bois. Haut., 58 cent.; larg., 44 cent.

BRIL
(PAUL)

4 — *Intérieur de Forêt.*

Bois. Haut., 72 cent.; larg., 1 m. 05 cent.

BRONZINO
(Attribué à ALLORI dit le)

5 — *Portrait d'une Princesse de Médicis.*

Bois. Haut., 43 cent.; larg., 34 cent.

BOSCH

[illegible]

2. — *[illegible].*

[illegible]

Triptyque [illegible] dans la partie supérieure.

Signé sur le panneau central.

[illegible]

[illegible]

BOUCHER

[illegible]

3. — *Portrait de Madame de Pompadour.*

[illegible]

BRIL

[illegible]

4. — *Intérieur de Forêt.*

[illegible]

BRONZINO

[illegible]

5. — *Portrait d'une Princesse de Médicis.*

[illegible]

CEULEN

(CORNELIS JANSSENS VAN)

6 — *Portrait d'un Gentilhomme.*

En buste, pourpoint blanc, col rabattu, les cheveux sur le front.
En haut, et à gauche, la date : *1626*.

Toile. Haut., 69 cent. ; larg., 58 cent.

CHAMPAIGNE

(PHILIPPE de)

7 — *Portrait de Jeune Femme.*

Elle est vue jusqu'aux genoux, assise sur une chaise, les mains croisées, les cheveux bouclés, en robe de satin blanc ornée de broderies et de rubans jaunes.

Cadre en bois sculpté.

Toile. Haut., 87 cent. ; larg., 80 cent.

COELLO

(CLAUDIO)

8 — *Portrait présumé de Dona Juana, Infante, sœur de Philippe II.*

La princesse est vue à mi-corps, portant une robe ornée de fourrure et ouverte sur un corsage blanc, brodé d'or ; la main droite appuyée sur la poitrine, elle porte, autour de la taille, une chaine de bijoux en riche orfèvrerie, avec pierres précieuses.

Toile. Haut., 97 cent. ; larg., 82 cent.

COELLO

(Attribué à SANCHEZ)

9 — *Portrait d'une Infante.*

En buste, corsage noir, collerette de dentelle.

Toile. Haut., 65 cent.; larg., 47 cent.

COELLO

(Attribué à SANCHEZ)

10 — *Portrait d'une Infante.*

En buste, corsage blanc, orné de bijoux.

Toile. Haut., 55 cent.; larg., 45 cent.

CONSTABLE

(Attribué à JEAN)

11 — *Vue de Hastings.*

Cadre en bois sculpté.

Toile. Haut., 25 cent.; larg., 32 cent.

DE TROY

(JEAN-FRANÇOIS)

12 — *Portrait de Jeune Femme.*

Vue jusqu'aux genoux, tournée de trois quarts à gauche, elle est assise dans un fauteuil, en robe rouge, avec écharpe verte, mettant à son corsage une jacinthe.

A gauche, un vase de fleurs.

Toile. Haut., 1 m. 02 cent.; larg., 82 cent.

COELLO

CONSTABLE

DE TROY

DYCK

(Attribué à ANTOINE VAN)

13 — *Portrait d'une Princesse.*

Représentée à mi-corps, de trois quarts à gauche, les cheveux bouclés sur les oreilles, vêtue d'une robe décolletée, avec large collerette de guipure, un collier de perles autour du cou.

On remarque sur son corsage une minuscule épée d'or agraffée sur un nœud de ruban vert.

Toile. Haut., 72 cent.; larg., 57 cent.

DYCK

(École de VAN)

14 — *Portrait d'Henriette d'Angleterre.*

A mi-corps, robe noire ornée de bijoux et cheveux bouclés, un collier de perles autour du cou.

Toile. Haut., 78 cent.; larg., 63 cent.

GREUZE

(D'après JEAN-BAPTISTE)

15 — *Fillette en buste.*

Cadre en bois sculpté.

Toile. Haut., 39 cent.; larg., 32 cent.

GUIDO RENI

(Attribué)

16 — *La Vierge adorant l'Enfant Jésus.*

Toile de forme ovale.

Haut., 95 cent.; larg., 86 cent.

HALS

(Attribué à DIRK)

17 — *Scène d'intérieur.*

Au centre, une femme en jupe bleue, corsage rouge, avec une guimpe blanche, est assise devant un officier.

Bois. Haut., 30 cent.; larg., 27 cent.

HEINSIUS

(Attribué à JEAN-JULES)

18 — *Portrait présumé de la Marquise de Lavalette.*

Assise dans un fauteuil, elle porte une guirlande de roses et des plumes noires sur une haute coiffe poudrée, des nœuds de rubans bleus sur son corsage et un fichu de gaze.

Toile. Haut., 71 cent.; larg., 58 cent.

HOBBEMA

(Genre de MEINDERT)

19 — *Paysage au bord d'un étang.*

Un villageois accompagne d'un chien suit un chemin sinueux. A droite, de grands arbres.

Bois. Haut., 60 cent.; larg., 82 cent.

GUIDO RENI

[illegible]

HALS

[illegible]

HEINSIUS

[illegible]

HOBBEMA

[illegible]

21

HONTHORST

(GERARD VAN)

20 — *Soldat allumant une chandelle ; effet de lumière.*

Toile. Haut., 70 cent.; larg., 56 cent.

KAGER

(MATHIAS)

21 — *Portrait d'un Directeur des mines d'argent de Freyberg (Saxe).*

Debout, vu jusqu'à la ceinture, de trois quarts vers la droite, une main sur la hanche, l'autre tenant les gants, appuyée sur l'épée. Une fraise entoure son cou; un manteau au revers de velours noir, posé sur ses épaules, s'ouvre sur un pourpoint de soie noire brochée, ornée sur la poitrine d'une médaille et serré à la taille par une ceinture enrichie d'agrafes ajourées et de breloques.

A gauche, sur une console, son haut chapeau noir bordé d'un liseré d'or, au galon orné de perles, est posé près de minéraux.

En haut, sur le fond, les armoiries du personnage, et, sur une colonne, entre deux rideaux drapés, l'un verdâtre doublé de rouge, l'autre rouge doublé de jaune, on lit :

Aetatis suae XXXXVIIII et la date : *1615*, au-dessus du monogramme.

Bois. Haut., 1 mètre.; larg., 80 cent.

(*Vente Mniszech, 9 avril 1902, n° 4.*)

LARGILLIÈRE

(Genre de NICOLAS)

22 — *Portrait de Jeune Femme.*

Représentée dans un parc, en corsage de soie bleu, brodé d'argent, avec manteau rouge.

Toile. Haut., 78 cent.; larg., 62 cent.

LELY

(PIERRE VAN DER FAES, dit le CHEVALIER)

23 — *Portrait de Jeune Femme tenant des fleurs.*

Vêtue d'une robe blanche et d'un corsage rose, un voile de gaze fixé sur ses cheveux blonds, elle est assise et tient une rose et une tulipe.

Toile, Haut., 1 m. 07 cent.; larg., 88 cent.

LOO

(CARLE VAN)

24 — *Jeune Femme en buste.*

Les cheveux blonds serrés sous un cercle d'or orné de perles, manteau bleu, écharpe violacée.

Toile, Haut., 52 cent.; larg., 44 cent.

METSYS

(QUENTIN)

25 — *Philosophe en méditation.*

Bois, Haut., 98 cent.; larg., 80 cent.

MIGNARD

(École de)

26 — *Portrait présumé de Louis XIV enfant.*

Toile de forme ovale,
Cadre en bois sculpté.

Haut., 55 cent.; larg., 44 cent.

MIGNARD

(École de)

27 — *Portrait de Marie-Thérèse.*

Vue jusqu'à la ceinture, en corsage d'hermine enrichi de perles, manteau bleu.

Toile de forme ovale.

Cadre en bois sculpté.

Haut., 68 cent.; larg., 55 cent.

MIGNARD

(École de)

28 — *Portrait présumé de Marie de Cossé, duchesse de Meillerais.*

Elle est assise, tournée de trois quarts à gauche, en robe décolletée, avec parure de perles.

Cadre en bois sculpté.

Toile. Haut., 77 cent.; larg., 64 cent.

MORO

(Attribué à ANTONIO)

29 — *Portrait présumé de l'Archiduc Albert.*

En buste, armure damasquinée, avec le collier de la Toison-d'Or.

Bois. Haut., 46 cent.; larg., 33 cent.

MORO

(Genre d'ANTONIO)

30 — *Portrait de François Pinchon, enfant.*

Bois. Haut., 67 cent.; larg., 48 cent.

NATTIER

(Genre de)

31 — *Portrait de Jeune Femme en Diane.*

Cadre en bois sculpté.

Toile. Haut., 90 cent.; larg., 66 cent.

NEEFS

(PETER)

32 — *Intérieur d'Eglise.*

De nombreux personnages sont réunis devant une chapelle, où un prêtre célèbre la messe.

Au premier plan, une dame en robe rose, un mendiant appuyé sur des béquilles.

Cadre en bois sculpté.

Bois. Haut., 66 cent.; larg., 1 m. 05 cent.

ORLEY

(Attribué à BERNARD VAN)

33 — *L'Adoration des Mages.*

Triptyque.

Haut., 90 cent.; larg., 1 m. 30 cent.

PALAMÈDES

(STEVENS)

34 — *L'Homme aux Gants.*

Un gentilhomme représenté à mi-jambes, vêtu de noir, la main droite appuyée sur la hanche, tenant des gants.

Cadre en bois sculpté.

Toile. Haut., 1 m. 16 cent.; larg., 98 cent.

NATTIER

[illegible]

31. — *Portrait de femme* [illegible]

[illegible] sculpté.

[illegible]

NEEFS

[illegible]

[illegible] — *Intérieur d'église.*

[illegible]

[illegible]

[illegible] sculpté.

[illegible]

ORLEY

[illegible]

33. — *L'Adoration des Mages.*

[illegible]

[illegible]

PALAMEDES

[illegible]

[illegible] — *L'Homme au Luth.*

Un gentilhomme représenté à mi-jambes, [illegible] appuyée sur la hanche, [illegible] des gants.

Cadre en bois sculpté.

[illegible]

36

PANINI

(JEAN-PAUL)

35 — *Le Triomphe de David.*

Sous un portique à colonnades, le héros à cheval porte, au bout de son arme, la tête de Goliath: il est entouré de soldats. A droite, des femmes dansant ou jouant de divers instruments.

Beau et important tableau de l'artiste.

Toile. Haut., 1 m. 65 cent.; larg., 2 m. [illegible] cent.

PANTOJA

(De la CRUZ)

36 — *Portrait présumé de la Princesse Isabelle de Bourbon, première femme de Philippe IV.*

Debout, vue à mi-jambes, en robe verte, brodée d'or, avec fraise et manchettes de dentelle, bijoux et rubans dans ses cheveux bruns bouclés, des bagues aux doigts, tenant un mouchoir de la main gauche, et, de la main droite, une miniature appuyée sur un coffret posé sur une table couverte d'un tapis rouge.

Signé à gauche, en toutes lettres, sur le socle d'une colonne.

Cadre architectural, de style Renaissance.

Toile. Haut., 1 m. 36 cent.; larg., 1 m. 32 cent.

PETERS

(BONAVENTURE)

37 — *Combat naval.*

Des bateaux à voiles, montés par de nombreux marins et défendus par des canons, sont au large d'une mer agitée.

Bois. Haut., 57 cent.; larg., 82 cent.

POEL

(Genre de EGBERT VAN DER)

38 — *Incendie de Cathédrale.*

Bois. Haut., 68 cent. ; larg., 1 m. 4 cent.

POURBUS

(École de)

39 — *Portrait d'une Dame de qualité.*

Debout, vue de face, à mi-jambes, elle porte une robe noire à large jupe bouffant autour de la taille, manches à crevés, collerette et manchettes de guipure, bijoux de riche orfèvrerie.

Des roses et une aigrette de plume ornent ses cheveux blonds bouclés.

Un rideau rouge est tendu sur le fond.

A gauche, un coffret de ferronnerie posé sur une table, près d'une branche d'oranger.

Toile. Haut., 1 m. 42 cent. ; larg., 1 m. 08 cent.

POURBUS

(École de)

40 — *Portrait de Jeune Femme.*

Richement vêtue et parée, elle porte autour du cou une large collerette en forme de fer à cheval.

Toile. Haut., 88 cent. ; larg., 71 cent.

POUREUS

(Ecole de)

41 — *Portrait d'un Jeune Prince.*

Debout, vu jusqu'aux genoux, en armure, tenant le bâton de commandement.

Fond de draperie rouge.

Toile. Haut., 96 cent.; larg., 78 cent.

POURBUS

(Ecole de)

42 — *Portrait d'un Gentilhomme.*

En buste, pourpoint noir, barbe blonde en pointe, sur une fraise à tuyautés.

Bois Haut., 46 cent.; larg., 34 cent

POURBUS

(Ecole de)

43 — *Portrait d'un Prince en armure.*

Toile. Haut., 2 m. 05 cent.; larg., 1 m. 12 cent.

POURBUS

(Ecole de)

44 — *Portrait d'un Prince avec manteau de Cour.*

Toile. Haut., 1 m. 95 cent.; larg., 1 m. 10 cent.

PRUD'HON

(Attribué à P. P.)

45 — *La Justice et la Vengeance divine poursuivant le crime.*

Esquisse sur papier.

Haut., 36 cent.; larg., 45 cent.

RAOUX

(JEAN)

46 — *La Partie de musique.*

Une jeune femme et une fillette, assises, chantent, tenant une partition.
Un jeune homme les accompagne sur une basse.
Cadre en bois sculpté.

Toile. Haut., 75 cent.; larg., 58 cent.

RAPHAEL

(École de)

47 — *L'Adoration de l'Enfant Jésus.*

Fond de paysage avec figures au bord d'un cours d'eau.

Bois. Haut., 2 m. 05 cent.; larg., 1 m. 28 cent.

REMBRANDT

(D'après)

48 — *Portrait du Maître.*

Cadre en bois sculpté.

Toile. Haut., 78 cent.; larg., 63 cent.

PRUD'HON

[illegible] — *La Justice et la Vengeance divine poursuivant le Crime.*

[illegible]

RAOUX

[illegible] — *La Leçon de musique.*

[illegible]

RAPHAEL

[illegible] — *L'Adoration de l'Enfant-Jésus.*

[illegible]

REMBRANDT

[illegible] — *Portrait du Maître.*

[illegible]

51

RIGAUD
(École de)

49 — *Portrait de Louis XIV.*

A mi-corps, tricorne à plumes blanches et habit broché d'or et d'argent. Toile de forme ovale.

Haut., 73 cent.; larg., 58 cent.

ROSA
(SALVATOR)

(DEUX PENDANTS)

50 — *Chocs de cavalerie.*

Toiles. Haut., 48 cent.; larg., 71 cent.

RUBENS
(D'après)

51 — *Portrait d'Hélène Fourment.*

Toile. Haut., 80 cent.; larg., 58 cent.

SARTE
(École d'ANDRÉ DEL)

52 — *La Vierge, l'Enfant Jésus, Saint-Jean-Baptiste et un saint personnage.*

Bois. Haut., 58 cent.; larg., 51 cent.

TENIERS

(Attribué à DAVID)

53 — *Buveurs devant une auberge.*

A droite, un paysage accidenté avec bergère et animaux.

Toile, Haut., 40 cent.; larg., 56 cent.

TOURNIÈRES

(ROBERT)

54 — *Portrait de Jeune Femme.*

Représentée à mi-corps tournée de trois quarts à droite, le visage souriant au spectateur, la main droite appuyée sur la poitrine, les cheveux bouclés et poudrés relevés sur le front, elle porte un corsage de satin gris-perle et un manteau de même couleur drapé autour de la taille.

Une guirlande de fleurs est posée sur son épaule.

Cadre en bois sculpté.

Toile, Haut., 72 cent., larg., 58 cent.

TOURNIÈRES

(ROBERT)

55 — *Portrait de Jeune Femme.*

A mi-corps, robe bleue avec fleurs au corsage et écharpe blanche.

Toile, Haut., 74 cent., larg., 60 cent.

TENIERS

[illegible]

53 — *Buveurs devant une auberge.*

[illegible]

TOURNIÈRES

[illegible]

54 — *Portrait de Jeune Femme.*

[illegible]

TOURNIÈRES

[illegible]

55 — *Portrait de Jeune Femme.*

A mi-corps, robe bleue [illegible]

[illegible]

VLIEGER

(SIMON DE)

56 — *Marine par un temps d'orage.*

Un trois mâts, battant pavillon hollandais et portant des armoiries sur sa coque, est incliné sur la lame.

Un autre bateau, toutes voiles dehors, croise à droite ; des barques de pêcheurs fuient la tempête.

Œuvre capitale de l'artiste et d'une rare qualité.

Signé à droite sur un tonneau, du monogramme.

Très beau cadre en bois sculpté.

Toile. Haut., 1 m. 10 cent. ; larg., 1 m. 47 cent.

VLIEGER

(SIMON DE)

57 — *La Tempête.*

Sur une mer démontée, un bateau sculpté, peint et doré, lutte contre les flots.

Au second plan, on aperçoit entre les vagues, d'autres embarcations en péril.

Signé à droite, sur un ballot, des initiales et daté : *1654*.

Belle et importante composition.

Toile. Haut., 1 m. 28 cent. ; larg., 1 m. 96 cent.

VELASQUEZ

(Attribué à)

58 — *Portrait de Philippe IV.*

En buste, tourné de trois quarts à droite, une chaîne d'or sur son pourpoint vert.

Cadre en bois sculpté.

Toile. Haut., 58 cent. ; larg., 40 cent.

VOS

(Attribué à CORNELIS DE)

59 — *Portrait d'un Maréchal.*

Vu à mi-jambes, en armure, le bâton de commandement appuyé sur la hanche.

Toile. Haut., 1 m. 18 cent.; larg., 92 cent.

ECOLE ALLEMANDE

(XVIe siècle)

60 — *Lucrèce.*

Bois. Haut., [illegible] cent.; larg., 45 cent.

ECOLE ALLEMANDE

61 — *Portrait de Charles-Quint.*

Bois. Haut., 98 cent.; larg., 76 cent.

ECOLE ESPAGNOLE

(XVIIe siècle)

62 — *Portrait présumé de l'Infante Marguerite.*

Vue à mi-corps, les cheveux bouclés et pendant sur les épaules, en robe de soie brochée à manches bouffantes, décolletée et ornée sur la poitrine d'une large dentelle; elle est parée de boucles d'oreilles et d'un collier de perles.

Toile. Haut., 72 cent.; larg., 57 cent.

ÉCOLE ESPAGNOLE

(xviie siècle)

63 — *Portrait d'une Infante.*

En buste, corsage de satin blanc, brodé d'or et d'argent, collerette de dentelle et collier de perles pendant sur la poitrine.

Toile. Haut., 60 cent. ; larg., 50 cent.

ÉCOLE FLAMANDE

(xviie siècle)

64 — *Portrait de l'Archiduc Albert.*

Toile. Haut., 70 cent. ; larg., 53 cent.

ÉCOLE FLAMANDE

65 — *Portrait de Cornélius van der Geeste.*

A mi-corps, manteau noir, une fraise autour du cou.

Toile. Haut., 73 cent. ; larg., 54 cent.

ÉCOLE FLAMANDE

66 — *Portrait d'une Reine.*

Toile. Haut., 64 cent. ; larg., 52 cent.

ÉCOLE FLORENTINE

67 — *Combat de cavaliers.*

Bois. Haut., 40 cent. ; larg., 63 cent.

ÉCOLE FLORENTINE

68 — *Intérieur de couvent.*

Bois. Haut., 44 cent.; larg., 58 cent.

ÉCOLE DE FONTAINEBLEAU

69 — *Vénus et l'Amour.*

La déesse tient une flèche que veut lui ravir l'Amour, debout derrière elle.

Toile. Haut., 65 cent.; larg., 51 cent.

ÉCOLE FRANÇAISE

(XVIIIe siècle)

70 — *La Nativité.*

La Vierge, assise à droite en robe rouge, manteau bleu, soutient dans ses bras l'Enfant Jésus endormi sur une crèche, devant laquelle, saint Joseph est agenouillé, appuyé sur un bâton.

A gauche, une femme et un enfant portant un couple de colombes.

Très joli tableau, rappelant les œuvres de Fragonard.

Cadre en bois sculpté.

Toile. Haut., 56 cent.; larg., 55 cent.

ÉCOLE FRANÇAISE

71 — *Portrait de Jeune Femme.*

Représentée à mi-corps, en robe blanche, avec écharpe rose, un voile de gaze posé sur ses cheveux relevés et poudrés.

Toile de forme ovale.

Haut., 63 cent.; larg., 53 cent.

ÉCOLE FRANÇAISE

72 — *Portrait d'un Prince en armure.*

Toile. Haut., 68 cent.; larg., 55 cent.

ÉCOLE HOLLANDAISE

73 — *Un Porte-étendard.*

Bois. Haut., 1 mètre; larg., 67 cent.

ÉCOLE ITALIENNE

(XVIe siècle)

74 — *Portrait de Jeune Femme en buste.*

Les cheveux relevés sous une résille d'or.
Cadre en bois sculpté.

Bois. Haut., 44 cent.; larg., 33 cent.

ÉCOLE ITALIENNE

(XVIIe siècle)

75 — *Un Tournoi.*

Cadre en bois sculpté.

Toile. Haut., 86 cent.; larg., 1 m. 10 cent.

ÉCOLE ITALIENNE

(XVIIe siècle)

76 — *Le Joueur de flûte.*

Toile. Haut., 51 cent.; larg., 42 cent.

ECOLE ITALIENNE

77 — *Adoration des Mages.*

Toile. Haut., 88 cent.; larg., 92 cent.

ECOLE ITALIENNE

78 — *Portrait d'une Princesse.*

En robe de satin rouge brodée d'or.

Toile. Haut., 84 cent.; larg., 66 cent.

ECOLE ITALIENNE

79 — *Portrait de Femme en robe blanche.*

A gauche, un perroquet.

Toile. Haut., 2 m. 25 cent.; larg., 1 m. 55 cent.

ECOLE DE SIENNE

80 — *La Vierge portant l'Enfant Jésus.*

Fond d'or.
Panneau cintré dans la partie supérieure.

Haut., 48 cent.; larg., 38 cent.

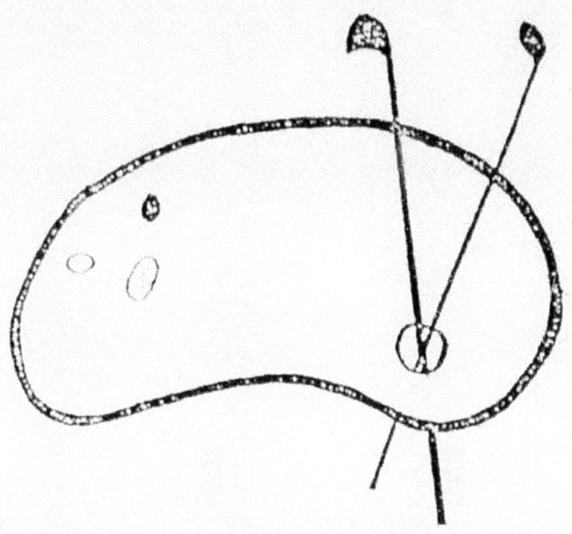

RED. :

25

MIRE ISO N° 1
NF Z 43-011
AFNOR

graphicom

0 1 2 3 4 5 6 7 8 9 10

www.ingramcontent.com/pod-product-compliance
Ingram Content Group UK Ltd.
Pitfield, Milton Keynes, MK11 3LW, UK
UKHW021514260726
13993UKWH00004B/1664